椿の館

稲葉京子歌集

短歌研究社

目次

椿の館

装幀　猪瀬悦見

椿の館《やかた》

曇天

曇天やもつれて遠く港湾を出でゆく鳥はみな黒き鳥

この街がわれにくだせし罰今日も旅人の心を解かれざるなり

「冬の日の幻想」を弾く乙女らの弦の角度のかすかに違ふ

みひらきて明日は見がたく来し方は遠《をち》の雲間に架かれる絵画

夏来れば七十となる君とわれ気が狂ふなり春は十方

いつせいに季《とき》を迎へし花なれや夕ぐれの駅に開かるる傘

用ありて来し雨の街逝きてなほわれを哀しむ母を伴ふ

小さき傘くるくる回り描かれし花もとどまりがたく回りつ

朗読者

黒侘助の色の口紅を買ひしこと誕生月がゆき過ぎしこと

わが街の花の地図頭の中にありこぼれ白梅ここにしかずも

ゆつくりと水搔きを開き次々に着水をなす白鳥の群

静かなる夜とし思ふ目の弱きわが為に読まるる『風の良寛』

朗読者きみがある夜読み聞かす『朗読者』の内容はナチに関はる

君との距離近づきてまた遠のきて声は今しも歴史のなかに

許されてこの世にあれば夜の九時に寝るきみ午前二時に寝るきみ

今宵はも目の弱きわれに朗読者きみは池宮の『平家』を聞かす

十冊を二十冊を君らが読み遂ぐるころとろとろとまだ一冊を

回遊魚のやうな文庫のコーナーをかかはりもなく行き過ぐるなり

ローマングラス

ローマングラスのペンダントを子にやりしかば南の海に落とし来たりぬ

千年の眠りに再び入りゆきしローマングラスを見る人ありや

長崎にて生まれたる児が納豆を黙々として食べ終りたり

ジャカルタに住みてゐし児は納豆をキャビアのごとくたふとびてをり

アフガンハウンド空を見てをり遙かなり遙かなり汝が原産の地は

みどり児の形の雲が一棟を越えゆく早さ時がゆく早さ

大島ざくら

雪が降る速さと桜が散る速さ同じとぞ気象情報が告ぐ

花の雪、雪の花とふうつくしき言葉はここから来しかともいふ

満開の桜の傘の下に入り車座なすは親族ならむ

従きて来し犬は日本の犬なればひそと車座の傍らに座す

犬は花を見ずとも花を見し人の心の機微を味はひてゐむ

傍らを過ぎむとしふと目があへば桜人なり会釈を交はす

ましろなる桜に逢ひぬ人は言ふ大島桜「白雪」の名を

命なき雪の白をば超えてあり咲き盛る「白雪」命ある白

わたしはねさくらのはながすきなのと四歳の子がわれにささやく

一度見し桜は決して忘れねばこののちのわが日月に入る

春の闇紫紺もて地を覆ふなり夜目に花降る中の走者よ

卒園の記念に子供が貰ひたる桜は長岡京に咲きてゐむ

今風は天へ吹きをり葩はこぞりて天へ散りて消えたり

沼の辺に花の筏を描く人よ老いたる妻はいづこに待つや

一会とは言はねど心たかぶりぬわれに盛んなる花の雨ふる

いづくより来し葩か耳目溶けうらうらいます六地蔵まで

今日ひと日桜散り交ふ部屋と定めノブをカチリと鳴らして閉める

青墨

寄り行きて幾たび人は仰ぎしか紅梅のその濃きこころざし

咲きそめの枝の白梅人を恋ふまなざしをもて花を見上げつ

昼ふけの昏き空より来し雪は紅梅に降り白梅に消ゆ

夢のわれはうつつのわれより孤独にて青墨滲むごとき境《かひ》ゆく

ほほゑみて死者も佇ちゐる宴をば夢と知りゐる時の間あはれ

年月はむごき手をもてわれの子を四十となせり粉雪降る日に

おのれならぬ命を妊りゐたる日の身の重さ記憶は風の彼方に

とろとろと眠りて覚めて風の夜半《よは》思ひ出づる人連灯のごと

ゆくりなく近づきし人わが生に小さき灯びを点じゆきたり

コンクリートの屋根のへつりに来並びて夕ぐれ雀寒しと鳴けり

吾《あ》が深く礼《ゐや》すれば幼かる者も深く礼して帰りゆくなり

茫々とわれを降りこめをりながら連れて舞ふ雪別れゆく雪

白鳥の首

ここはさねさし相模の空の冬の碧《あを》帰る燕を待ちゐるところ

夢指して伸びやまざりし白鳥の首かと言ひてわれは哀しむ

入水《じゆすい》者のありとぞ雪の湖に白鳥の常ならぬ諸声《もろごゑ》

老い人の短き髪を梳く手見ゆあはれ子ならむやさしさをもて

中空を雪のはだれの雲動き枝垂《しだ》れの梅は乳をこぼせり

幾たびか死への助走に立ちあひぬ地上をしばし奔る花骸

花の雨ありにしところ拓かれて鉄骨が空間を締めてゐるなり

寒月光

寒月光ますぐに届き沈黙の石蕗の花緊まりゆくなり

永遠の記憶として天に撒かれたる星座を仰ぐ時のあはひに

傷む目が思ひ出でゆく星座群記憶はうつつを越えてうつくし

時雨してくまなく濡れてゆく木草もとよりわれも木草の連衆《れんじゅ》

暁の青信号の中の人許す許すと言ひゐるものを

薄白む夜明けの闇を切りわかち一騎五、六騎オートバイゆく

煉瓦坂に小さく躓き月光とネオンと闇を攪拌したり

街灯の光の領に生き急ぐ群衆のごとき雨見えてをり

百年

春の雨ほたほたほたほたと降りてをり今し憎しみを解《と》かれゐる人

いづこにか春の最後に散ることを引き受けし桜の葩やある

母の樹の根方に落ちて芽吹くべき団栗容赦なく踏まれをり

全身にすかすかと鬆《す》が入るやうにさびしくてならぬ時あるものを

百年ほどすれ違ひたるいのちとぞ嘆きて歴史の人を恋ひをり

ハナムグリみしみし花に分け入れり誰かわたくしを見てゐるならむ

忙しく遊べる人を見つつゐてげになぐさまぬよはひと思ふ

咲き満てる金雀枝の黄の魂が車窓のかなたを流れ去りたり

びつしりと行手を塞ぐ薄白の水木の花に心を乱す

心の丈

飲みこみし哀しみは首の中ほどに消えてゆくべし遠《をち》の白鳥

何故に発たざりしかと問ふなかれ疎水に遊ぶひとつ白鳥

かの胸を叩きて問はむ永遠の問ひはかしこの草生に捨てむ

クリスタルの鷲の影さす紙に夜々書く歌消せばゆくへなき歌

点々と病巣はベッドの上にあり白き病院の階層にして

樹々は芽を光にほどく信じ易く疑ひやすく歩むまなかひ

心の丈は揃はざるべしいね際に麦の背丈を思ひ出でをり

点々と路面を濡らす雨の色を黒と思ふよ夏のはじめに

モジリアニの妻

ゆくりなくモジリアニの妻に似てわが部屋に開く白アマリリス

ブラウスといへど路上に繰り返し轢かれてをれば苦しきものを

逃げやうもなく生きつぎて今日となりまう間に合はぬ黒髪の死も

皓々と紺の幕布《ばくふ》に架かりゐる四日月取り返しつかざる太さ

竹煮草の白緑風に泡立てり半眼に笑ふ葛原妙子

声あらぬ秩序に従《つ》きて七月の風は七月の花をゆするも

繁華街それたるところ月光を確めんとしてもろ手に掬ふ

夏至

葉の翳を歩む水無月生まれ月思へばひととせはひと日のごとき

甘藍の畑に生《あ》れたる初蝶か逢はむ逢はむと発ちてゆくらむ

十重二十重白を重ねしくちなしは夏至の気温を低くしてをり

洗はれし仔豚うす紅芍薬の蕾のやうにふくれて並ぶ

保育園のプールに張られし朝の水園児の膝のあたりの深さ

暗黒の風が運びてゐるならむはたはたと壁をうつ雨の粒

栗の花天つ光に放埓に花序開かれて風に揺れつつ

父となりやさしくなりし子のことをふとしも路上に思ひ出でをり

夏の雲われが行きたることあらぬところを歩む子らの長脛《すね》

しばしばもわが傍らに来るをみな児の睫毛はけぶるやはらかく濃く

忽ちに恋に曇れる一人《いちにん》の思ひのごとく霧湧きてをり

かの椅子にありしぬくみも消えゆきぬこの世の人をひとり失ふ

鳴き交はし西に帰りてゆく鴉今日の記憶は声にしたたる

初蟬

初蟬の声のさびしさいづこにも応ふる声のあらぬさびしさ

ビル群の涯底《そこひ》に仰ぐ紺青の切り絵のごとき夏の夜の空

行けと言ひ急ぐなといふ声聞こゆ蟬のしぐれのあはひのしじま

迎へ火を焚くところなきマンションの盆に思へば見ゆる死者たち

いつせいにいのちさびしと鳴きつのる蟬のしぐれを浴びつつ歩む

拡大鏡で見ればおそろしきことならむ蟻をつぶしてゐる昼さがり

この夏の最後に死にてゆく蟬の声と知らねば聞きて忘れむ

べしみ

旅寝なる信州の闇深くして銀河を見たるのちに眠らん

旅宿なるあかりの下に身を低くして書きてゐる歌の虜囚よ

山深き宿の奥処に森閑と眼球のなき瘧見《べしみ》は見をり

去年《こぞ》のわれと今年のわれは違ふらむさきはひも苦も心の痣《あざ》ぞ

たわわなるリンゴの枝を牽きてゐる引力を恋の力と思ふ

命の限り同じ言葉をいふ者かこの町にいのちをつなぎゐる蟬

いにしへのいつの頃より鳴きゐるしか蟬しぐれ土牢の上の木立に

時に従きて流るるやうな時のかなたをはるかにわたるやうな蟬の声

鎖

音信はしばしばにしてきみもきみもひと生歌とふ鎖を曳くも

白き蝶ひつたりと翅を合はせたりかくて定まる定型の律

マンションは音を拒むといふならず夜更け天より来る風聞こゆ

思ひたち夜更けの厨に飲みくだす眠剤半錠甘き蜜なり

雪中の蕪村の鴉二羽のコピー如月の部屋に静寂《しじま》を醸す

夕つ方青の雪降りはじめたり傘さして人は雪に従ふ

傘忘れ来しかば小さき約束も身も沫雪に濡れてゆくなり

歩まざる菊いづこより花舗に来てこの夕暮れをわが部屋に咲く

窓外も夜深くして車ゆきびしびしと氷雪《ひせつ》を撥ぬる音せり

相逢はず歩まぬ欅冬の芽をほどかんとして時を同じうす

忘れゐし夢のごとしも混合林は冬の芽立ちの賑はしき時

遙かなる西空赫しかしこより見ればわれらも炎えてあるべし

やはらかき光の中にやはらかきわが影動く春近からん

ビルの間《あひ》濃く翳りたる夕ぐれの川面を鴨はうつむきてゆく

ヒマラヤシーダーの彼方の病院死を拒む人死に従かむ人満ちてをり

生き方がわからねばまして死に方がわからぬわれを疾風《はやち》は揺する

君の生わが生つくづくいとしけれちりちり盡きてゆく手花火よ

平家の人

忽然と郵便局建ちこの街のあまたの言葉羽搏きて発つ

心処に届く木枯らしの言葉あり語りより欷泣《ききふ》にいつか移りつ
琵琶の音に従きて時間をくだり来る平家の人の皆哀しけれ

物語幾つの中に音楽となりて漂ふ平家の人よ

われを知らずわれを隈なく照らすなり春紺青の空の夕月

胸底まで差し入る光　如月の光は触るるわれの来し方

如月の光に緊まる真椿の一つくれなゐ千のくれなゐ

旧街道に日暮れ坂とぞ名の残りひやひや暗き風動きをり

昔ここをおそろしと思ひ旅せしと私の中の誰かささやく

隅田の花火

鎌倉小町夕べの雨に賑はひて携へし傘開きあへずも

鎌倉の女人の死者や連れだちて奥のあぢさゐとなりて見てをり

丈低く高くあまたなる花鞠がさびさびと揺れやまぬ空間

水無月の地を占めてあるあぢさゐの花よりも葉に雨音高し

見てあればどの花もやがて耳目を得口唇を得ておもかげとなる

夢ながらあぢさゐが多《さは》に咲くといふ君のすまひを探しあてたり

来よと言ひ行くといふなりあぢさゐの花どき過ぎていまだ逢はずも

消ゆるなと言ひしはわれにはあらねどもあぢさゐの名は隅田の花火

無言館　―戦没画学生の館―

白樫の大樹の梢にさんさんと雨降る様を高処《ど》より見つ

陸橋の昼の静けさ枯るることかなはぬ鉄の百合が咲きをり

排気ガスあやかしのごとけむりをりかなたにジーンズを干す人が見ゆ

若稲のみどりそよげり私の中の誰かが記憶してゐき

ハイウエイに見つつゆくなり粛然たる昼の月色のむくげの花を

さわさわと揺れ定まらぬ合歓の葉も花もある日のもの思ひなれ

風が力を落とすあたりに整列ししづかに花をほどくもろこし

都忘れの色のやうなる夕ぐれの空を映せる疎水ありけり

橋をゆく時千曲川藍深くふたわかれせし水流が見ゆ

盆地に届きし夏の光は行き処《ど》なく油のごとく溜まりゐるなり

戦ひに死にし若者が描きたる絵は万緑の底に沈める

無言館の入り口にそよぐねむの花無言の花火ま昼の花火

思ひ出づる傷あるものを落葉松のかなたに三たび雷鳴を聞く

あらくさを踏みて訪ひたる無言館今日見たる絵をわれは忘れず

面影はとはに老いずも描《か》きて征きし自画像もその妻のおもわも

寒くつめたく昏き空間に浮き出でて絵は言ふ—もつとものを言ひたい—

若き妻の裸像を描きて征きし兵士のこころさわぐことありしやありし

絵の筆を置きて発つなり佳きひとは無言館にて永遠に待つ

引き金に手触れんとして思ひしは未完のままのかの絵ならずや

烏揚羽ふとし湧き出で悠揚としじの槐の中に入りゆく

駅頭に若妻を置き発ち征きしわかき叔父ありまだ帰り来ず

末の子なる叔父の公報を聞きしより祖母は再び歩み得ざりき

丈高き枯れあらくさに火を放つ農衣の人を見て過ぐるなり

よはひなど問ふものもなし風に鳴るみづからの音を樹々は聞くらむ

ねむの樹をこぼれし種子は年月をかけねむの木となりて世を見む

みづからの風姿を知らぬ落葉松や人は幾たびも見返るものを

夕ぐれの野を低くゆく車輌見ゆ光と時を運びゆく箱

耳目なき樹々も眠りに入りたらむ風の哀訴もいつかやみたり

櫟

小林の櫟《くぬぎ》の肌へみな黒くつくづくと冬を思はしむなり

朝夕にルートＩへの指示標を窓より見つついづこに行かむ

静脈に針刺すナース今日白衣を脱ぎてかぼそき少女となれり

橋の名を思ひ出でをり戻り橋をやさしき名として思ひ出でをり

溶接の滴飛びたり芦刈りといふなりはひを思ひゐし時

もろこしの葉を吹き鳴らす北の風雑踏をゆく身に記憶する

ビル建築着工の時に掘られたる土は忽ち閉ざされゆけり

山茶花の葩地《つち》に散り敷きて身の置き処われは見失ふ

敢へて踏む白き山茶花散り敷きてなほ傷あらぬ葩を踏む

石蕗は冬の花なり声あらで請ふなき生を思ふならずや

幾たびも人を運びて疲れたる車体を潰し運びゐるなり

かりがね

いつよりか渡りをやめしかりがねと帰雁が遊ぶ池と聞きをり

地に撥ぬる雨音傘を叩く音去年《こぞ》の雨音も曳きつれてをり

来し方の遙けくなりぬまう言ひても許されるかも知れぬ恋かと

樫の実のこぼれてをりぬわれは人実生のいのちを孤独とおもふ

水の辺に咲く紅椿選ばれて水鏡なす下枝《しづえ》の椿

めぐり逢ひし知己と思ふよ池の辺の根方に積もる椿の紅を

この紅は樹に湧ききたる情念を風と光がはぐくみしもの

爆走音枕の下をゆくと思ふかかる夜さびし高層住まひ

爆走音しじまを貫《ぬ》けり聞ける者行くものともに眠らざる者

海が荒れる日は街深く入り来たり騒ぐかもめと擦れ違ふなり

見馴れたる海の碧のほどけゆく今日のうねりを春潮と呼ぶ

風の傷時間の傷のあらはなれ咲きただれゐる白木蓮の花

流離なき里曲《さとわ》の人ら菜の花のそこひに夜毎溶けて眠れり

どのあたりまで

隣棟の鴉しづけし濡るるともあらず時雨の中にとどまる

賢しと言はるる鴉きのふの夢をととひの夢のどのあたりまで

誰が手もて束ねし越前水仙か背丈風姿をわれにゆだねよ

みつしりと牽かるるやうな重さもて売られてゐたるかりがね十羽

つらなりて後尾を守るごとくゆく分別を知りそめたる鳩か

いづこにて金のシールを貼られしか等級を持つ玉子となりぬ

故里は佐渡とて頒つ蛍いかのまなこつぶつぶビーズのまなこ

人通り賑々しかる夕昏れや誰とてもみな明日を所有す

はらからを持たざる子にて緋目高語鮒語といふをわれに囁く

枯草を焼く人にしてうつむけば遠き回想を焼くごとく見ゆ

年月の橋を渡れば人に寄り苦しと言はずなりたるわれは

軽羅

天平仏の眉根記憶にけぶれるをゆくりなくものを炊きつつ思ふ

遙かなる歳月のかなた今日のごとき初夏の光の奈良に居りにき
あふるるかこぼるるるかそのさみどりの南京櫨の下を歩みつ

血縁の少女来て立つまぎれなしこの子は天平仏阿修羅の裔ぞ

ふと越えし境とおもふ今日よりは軽羅一重のきぬをまとふも

川の辺にいち早く咲きし昼顔は夕べの驟雨に破れゆくらむ

ただならぬ乱視のわれやペチュニアの紅ふるふると風にふるへつ

駅三つばかりを過ぎてゆくところ傘と小さき櫛を携ふ

駅の夕焼

いつまでも雨の野をゆく紋白の翅は次第に重くあるべし

夢のごとく過ぎしひと日の後《うしろ》でをカーテンをもてかき消さんとす

ひつたりと背に貼りつきて私を歩ます刑吏のごとき歳月

記憶より遠き光やパピルスはこぶしを握るやうに枯れをり

人は花を見花は花を見るくちなしはおのれの白をひと日見てをり

音もなく幹をくだれる蟻の列夕焼の大きてのひらのなか

次々に子を発たせたるがらんどうの母のやうなる駅の夕焼

病多きわれが力を振りしぼり君の病をなぐさめたりき

新緑がみしみしふくれその影もふくれやまざるところを過《よぎ》る

はたはたと苑生を発ちてゆく鳩ら一羽の意思に従《つ》きて翔ちゆく

見しことは知恵として残る去年《こぞ》の葉を根方に敷ける櫟の林

ゆきずりの旅宿の宴に僧形の人の静かな恋を見てゐつ

昼顔がそこかしこに開きゐる草丘過ぎて面影は顕つ

奈良生まれ東京生まれ名古屋生まれ一つ家に住みてさしつかへなし

戦中戦後子供であつた私は兎を飼へといはれて飼ひぬ

後々に聞けばうさぎは食卓を賑はす策でありしとぞいふ

遅し遅し

見返り阿弥陀のごとくにわれを見給へり遅し遅しと思ひ給はむ

決してわれが近づくならず晩年がずしりずしりと近づきて来る

傷痛きところに触るる「時」といふいやしの舌を実感しをり

沫雪の夕ぐれわれの部屋に来てかそけく花をほどく白菊

病む人と病をいやす人が乗る白船のごとき病院に来つ

生涯のやまひを寂寥と君がいふ言葉となさぬわれもうべなふ

―入院中、相部屋の女性、心筋梗塞となる―

「人生の大事」をあなたは偶然に見てしまつたと言ひ給ふ医師

われにすがり焼火箸が胸に刺さるよと言ひたるのちに気を失ひぬ

深く眠る

内湾のかなたの空に月立てり共に見て長く忘れざるべし

海に向き問ひし応へはひとつづつ歳月を経て帰り来るなり

午前四時うからこぞりて昼の衣を着装しをりみどり児を待ち

花々が千切られてとぶあかつきの嵐の刻に生まれたりしか

窓外を和紙のやうなる月わたりこの世の時を深く眠る児

いとけなきてのひらを開き運命線生命線などと騒ぎてゐたり

蕾のままえごが散りしく風の道踏むな踏むなとたれかいふかも

花の体温

あのやうな人になりたかつた私を人間になりたかつた犬が見てをり

今しばし咲くべかりしを八重椿叩き落とせる狼藉の風

葛の野でありしは夢か看護師の学院の建つところを過ぐる

藤の房腕にあまりてひやひやと花もおのれの体温を持つ

六万三千羽の雁のシベリアに発ちしところ底なしの青つつぬけの空

思ひがけぬ高き空間にひつそりとむらさきを桐はひろげをりたり

一つ咲けば一つ閉ぢゆくまつよひやベランダに湧く黄のささめき

鳥ならぬ蝶ならぬわれは花柄の傘をさしゆく道ゆく時に

雀には雀の領分があるらしも回転ドアを離れて遊ぶ

雲映ゆる暗緑の水に開きたる睡蓮を天の花と呼ぶとぞ

今し方咲きし睡蓮風と光のシャワーを浴びてかがよひてをり

どのあたりに座るわたしか片側のみ陽のさんさんとさしてゆくバス

常夜灯の下《もと》に育ちし山茶花は眠らねばいち早く咲くらむ

鉛色の曇天となる午後三時夕顔は花をほどきはじめつ

忽ちに居らずなりたり球場の少年選手に触れしあきつも

雨の界

鋭かる直線をひきて雨とするこの頃見ざるヒロ・ヤマガタの絵

二百七十万羽の折り鶴花となりひらひらと地上の宴に降れり

ベランダに来る雀子に名をつけてやらむと思ひいまだつけずも

蒔絵箱の中を濡れゆく五、六人永遠に雨の界を出でがたく

雪ばかり記憶してをりきテレビは今雨の札幌のマラソンレース

ただひと度見しスコールが忽然と身の内側に降り始めたり

ひつそりと鯖雲が天を渡りゆく惜別の思ひはかしこより来る

葛一枝手《た》折らんとして思はざる力に拒まれ花芽をしごく

来年の花丈すでに定められ植栽の鋏つつじを刈れり

しかるべき風景のため切り責めの刑にあひたりつつじの垣は

なすな恋

わが知れる源氏はスーツ姿にて舗石道を歩みたまへり

従者《ずさ》二、三幻ならず白昼夢見えかくれつつ君に従ふ

夕ぐれの雲の羊を見てあればはかなきかもよ恋のうたかた

よみがへりまたよみがへりめぐり逢ふ千万年の恋といへかし

すれ違ひ生まれし悔いを何とせう母とは呼ぶな姉とはいふな

ひたに待つ恋はくるしゑ追はるるより追ふ恋を君よわれは選ばむ

なすな恋恋ふるこころの深ければ人よりふかく苦しむものを

歌の恋しばし思へど夕ぐれは汗をぬぐへる生活者われ

文芸の妖しき力を思ひしは思ひ知りしは十代ならむ

春来る

寒緋桜のかすかなる声これ以上紅く咲くことを赦して欲しい

余りにも紅濃きことを恥ぢるとぞ寒緋桜はうつむきて咲く

この園の寒緋桜の咲き様は今し涙のこぼるるごとし

寒緋桜の下のベンチに憩ひゐし老いは静かに煙草をしまふ

つくづくと花のすくなき季節とぞ冬の東名高速をゆく

風といふ一字を車体に描きたるトラックがわれらを追ひ越してゆく

刈りたるはいかなる人か花のなき椿の風姿品位を備ふ

街を飾れ街を覆ひてならぬとぞ剪りつめられし異形のいちやう

屋上園昼ふけの光《かげ》濃くなりて椿は花芽を少しくほどく

散りてより路上を動く山茶花の花のむくろを風はいたぶる

裸木の根方を覆ふすでにして撓みそめたる馬酔木の花芽

春来るを心待ちする頃となりあせびはあぐる千万の鈴

秋篠を御存知ですか紅あせび白あせび咲く君の故里

仮説の人

ばつさりと活ける越前水仙のあはひあはひの母の面影

もちひのやうな果実のやうなみどり児をその子の母に今返すべし

春来ればあの児に着せむ泰山木の花のかげりのいろのブラウス

凛々《りり》として一人づつ立ち直りゆくドラマの中の仮説の人は

万華鏡がかすかに動くたび変はる模様に似ずやわれらの生は

そこここに遊ぶ翼の小さけれ雀は舞ふと言はれざる鳥

底深き地中より請はれゐるごとしきぶしはただに地を指して咲く

目つむればガラスの部屋は沼となり鷺舞の曲流れゐるなり

野の鳥は三年ほどにて死ぬといふ人の歌集を読みゐて知りぬ

関西にミモザの多き街ありて幾年かその季に住みにき

フランスまでミモザの種子を買ひにゆくエッセイをミモザ咲く街に読む

イメージの扉

中天に一声鳴きて帰る鳥苦しめど泣かぬ人が聞きをり

いたく静かに羽を収めて天を見るは雉鳩ならむ逆光の黒

春昼の光静かなり由もなくうづらの卵を買ひて帰りぬ

老姉妹なるべし眉目いたく似て杖曳く人が姉にかあらん

はらからは兄一人姉一人にてばらばらの人生観をかたみに許す

病まぬ姉死病を超えし兄をりふしに病むわれ遠く住みて逢はずも

イメージの扉と思ふここにありて開かんとして開かぬ扉

花火音身を貫くごとく鳴りてをり明日決断をすべきことある

幾とせをそこにとどまり咲き散りてあれと言はれし山茶花われも

風たちて

風たちて冬の駅路のたんぽぽの全円ふとも欠け始めたり

花闌けし古木の梅のうす白をわたりて目白蜜を吸ひをり

いざなはれ来たる港の春近き光かもめの翼に降れり

「やまがらが来ます」とふ札が立ちてゐしかのティールームにめぐりあはずも

いざなはれ伴はれゐる心地する誰も居らねば春といふべく

かがまりて拾ふ椿にかすかなる重さにありててのひらを押す

夕映えの坂を降り来る人々は自らの影を追ふごとく見ゆ

夕映えの坂を上らむ私は思はずも長き長き影曳く

花のころ

ホームレスの人らが鍋を洗ひをり狭き街川の傍《かた》に集ひて

花のころ一泊千円の旗が立ち並木の下は賑はひてをり

必ずや逢ふべかりしをあはざりし人と雑踏にすれ違ふらむ

ひとひらの金箔となりこぼれ来るばかりに薄くこの月は見ゆ

大阪の夫の十年離れ住みしわれの十年ゆくへのあらず

わが髪にたばこの煙を吹き込みて遊びし若き父がふと見ゆ

父の胡坐にゐしわれいつか子を生みつその子の胡坐に抱かれゐる子よ

マンションの狭き空間に夫と住む今一人誰か居る気配する

蛍の樹

パプアニューギニアにある蛍の樹点滅の放映を見しかと言ひよこす人よ

大木に千万の蛍が集まりて点滅の刻を揃ふるといふ

灯火管制が要るよと祖父がよろこびき大川をわたりし一群のほたる

源氏ぼたる平家ぼたるの大群が合戦をなすと地の人はいふ

婚姻のフライトといふ人も居き闇を流るる光の大群団

わが秘むる感覚ひとつ足下《あうら》より次第に樹になる遂に樹になる

紙よりも薄きあやふさ昼顔のはなびらを打つ雷雨となれり

をりをりに子らと行きしよ待つ人も発つ人もなき大空の駅

大空の駅への夢の階段をわれより先に子が忘れゐき

やはらかきうなじのあたりに光さし少女は一羽の鶴を折りゐる

骨董バザール

骨董バザールの小さき店より買はれゆく竹を刻みし油蟬かも

欲しきものはとどめがたなく欲しきもの行きつ戻りつつひに購《か》ふ人

竹の蟬にめぐりあひたる喜びをくり返し何時《いつ》家に帰るや

いかならむえにしに蟬に魅入られし蟬ある鉢を買ひてゐるなり

蔵はるる鉢の肌への紺の蟬ふとも短く鳴くにあらずや

紫紺なる傘さす人が鉢の底へ鉢の底へと降りゆくものを

昏々と眠りゐし碗がバザールに来て人の手に触るるいきさつ

楽しくて描きたるならんさす手引く手邪心なき人鉢に踊れり

この鉢と思へば人にゆづられぬ骨董市の恋のかけひき

うなづきて

風落ちぬ欅大樹に近づけば無数の小さき風生まれをり

どの病ひで死なせますかと訊ねゐる使ひの者が必ずをらん

うなづきて踵を返すすこやかなる人に病を配らんとして

時のリズムに従ひてゐる夕顔は今し真白《ましろ》のこぶしをひらく

若竹を板木で締めてま四角の竹を育ててゐるところあり

針金のハンガーもて巣を作りたり七つの子らはこぼれざりしか

母は今何をしてゐむ私の中では糸を編みゐるものを

盲目の細き根をもてひしひしと領域を拡げゆくらむ樹々は

遠くゆく渡りを思へばうらがなしわれも今しも渡りの途上

ひとつ鴉屋上に居て来し方を見返るごとく見ることのあり

約束の人

新しき街に花木を植ゑてのちいづくにか去るなりはひやさし

この駅に辛夷を植ゑし若者は十年歳を取りてあるべし

来年の花を約すとふかぶかと土に降ろさるる乙女椿は

ほろほろと黄のイタドリのこぼれをりをりしも風立つ駅舎の柵に

まひまひのやうな私をあはれみてゐる間に忽ち歳月すぎぬ

厨辺に馬鈴薯の皮をむきてゐる夕ぐれの人を蔑するなかれ

知らず思はず過《よぎ》りたるべし幾たびか運命の岐路と呼ばるるところ

隣の部屋のまなかを時雨が過ぎてゆくやうな気配にふたたび目覚む

きさらぎの寒き寒き日に生まれたるあの子に似合ふ白きセーター

みづからのために夜半に湯をそそぐ湯をそそぐ音いたくしづけし

風の背にたちて言ふなり幾たびも罪と罰とは均等ならず

傷などといふな胸処に手を置きて痛しといへば癒えゆくものを

玄関にひと株稲を植ゑし家水耕の裔をほこるごとしも

順　列

図書室の本のページに触れたらん幾百千の手の指のあと

この一冊同じあたりで閉ぢられし本なることを人にはいふな

平安の源平の夢一冊の本となりやがて枕となりき

永遠の闇なりしかど灯びの順列清きトンネルとなる

訪問入浴車を運ぶ車がすいすいとわれを追ひ越し見えなくなりぬ

ピーターラビットのシュガーポットとなりにけり車もて運びし古本の山

層なして動ける雪はゆつくりとうらがへりゆく翼のごとし

手をのべて雨と知りたり灯びの犇く道に下り来し時に

笑ふらむ

暗黒の中を暗黒がうねる音おのれの道を風も探すか

夕ぐれの駅の桂に集ひ来てひとしきりもの言ふ燕の群れよ

愛するといへば笑ふか笑ふらむ何十年のすでに過ぎつつ

きさらぎの雪の翼の彼方より来しみどり児ぞこの青年は

前世われは獣なりしかリハビリ室に首を牽引されつつおもふ

思ふこと多ければ今日にはか雪くぐりしやうな白を置く髪

もの思ひしきりなるあたりとぞ思ひ一本の帯を身に捲きてをり

身を包みてありし着物は畳まれてただに平たき布となりたり

縛されてならぬ心をつつむなり幾重の絹と幾すぢの紐

てのひらは思ひをいやす人はみな胸にてのひらをまづは置くなり

身の上話

歩くとも歩かずともわれを牽きてゆく年月といふ力を知るも

中州にて今宵眠るときめたらん夕鳥百羽の影くだりゆく

橋脚を洗へる水の紺碧の濃くなりてをり満ち潮ならん

ゆきどまりあらざる闇を一人また一人に賜びしゆゑの嘆きぞ

血縁か否かは知らず一群の鳩の趾みな濃ゆきくれなゐ

テレビにてぽろぽろと死につき当たる一日生きた話百年生きた話

銀漢の彼方けぶりて死者をゆるす生者生者を許さざる死者

生《あ》れしより一歩とて歩むことなしと隣りし樹木の身の上話

後書き

『椿の館』は、私の十二番目の歌集です。

この歌集に収めたのは、総合誌、結社誌などに発表した作品、また心のおもむくままに書きとめておいた、ここ数年の作品から採ったものです。そしてこの間、私は周りの自然や、全てのものや人を、今までよりも一層愛しく思うようになってまいりました。

私は、長い年月短歌を愛し続けて来ました。思いが言葉を得るときのときめき、言葉が次第に律として整い、立ち上がるときの喜びは、たとえようもありません。これからもまた、私はあくことなく歌を続けてまいります。

道を歩いていると、時々川や坂、橋などで思いを深くする名に出会い、名をつけた人の心に出逢ったような気のすることがあります。私もひそかに自分だけの地図に私だけの名前をつけています。「木蓮街」「時雨坂」「蒿雀坂」「緑雨館」等々。

私は、椿の花の絵をかけた部屋でよく歌をつくります。そしてこの小さな家をひそかに「椿の館」とよんでいます。これが、この歌集名の謂れです。

この歌集を出すにあたって、出版を快くお引き受け頂いた短歌研究社・押田晶子様にお礼を申しあげます。歌壇の先輩、歌友の皆様にお礼を申しあげます。

平成十七年七月

稲葉京子

検印
省略

中部短歌叢書第二一六篇

平成十七年九月二十五日　第一刷印刷発行
平成十八年七月　七　日　第二刷印刷発行 ©

歌集 椿《つばき》の館《やかた》

定価　三一五〇円
（本体三〇〇〇円）

著　者　稲《いな》葉《ば》京《きよう》子《こ》
郵便番号二四四―〇八〇一
神奈川県横浜市戸塚区品濃町五一五―一
南の街二―七〇七

発行者　押田晶子
発行所　短歌研究社
郵便番号一一二―〇〇一三
東京都文京区音羽一―一七―一四　音羽YKビル
電話〇三（三九四四）四八二二・四八三三
振替〇〇一九〇―九―二四三七五番

印刷者　豊国印刷
製本者　牧製本

ISBN 4-88551-929-2 C0092 ¥3000E

短歌研究社　出版目録

＊価格は本体価格（税別）です。

歌集	約翰傳僞書	塚本邦雄著	A5判	二〇八頁	三五二四円	〒二九〇円
歌集	敷妙	森岡貞香著	四六判	二〇八頁	三〇〇〇円	〒二九〇円
歌集	エトピリカ	小島ゆかり著	四六判	二〇八頁	二三八一円	〒二九〇円
歌集	夏のうしろ	栗木京子著	四六判	一八〇頁	二五〇〇円	〒二九〇円
歌集	風位	永田和宏著	A5判	一七六頁	二八〇〇円	〒二九〇円
歌集	はじめての雪	佐佐木幸綱著	四六判	二三二頁	三〇〇〇円	〒二九〇円
歌集	朝の水	春日井建著	A5判	二四八頁	三〇〇〇円	〒三一〇円
歌集	茉莉花	川合千鶴子著	四六判	一七六頁	二八〇〇円	〒二九〇円
歌集	滝と流星	米川千嘉子著	四六判	二四〇頁	二六六七円	〒二九〇円
歌集	滴滴集	小池光著	A5判	二一六頁	三〇〇〇円	〒三一〇円
歌集	碌々散吟集	清水房雄著	四六判	二二四頁	三〇〇〇円	〒二九〇円
歌集	じふいち	山埜井喜美枝著	A5判	二一六頁	二八五七円	〒三一〇円
歌集	曳舟	吉川宏志著	A5判	一六八頁	二五七一円	〒二九〇円
文庫本	大西民子歌集（増補『風の曼陀羅』）	大西民子著		二一六頁	一七九六円	〒二一〇円
文庫本	近藤芳美歌集	近藤芳美著		一九二頁	一二〇〇円	〒二一〇円
文庫本	岡井隆歌集	岡井隆著		二〇〇頁	一二〇〇円	〒二一〇円
文庫本	馬場あき子歌集	馬場あき子著		一七六頁	一二〇〇円	〒二一〇円
文庫本	島田修二歌集（増補『行路』）	島田修二著		二四八頁	一七一四円	〒二一〇円
文庫本	柴生田稔歌集	清水房雄編		一八四頁	一七四八円	〒二一〇円
文庫本	窪田章一郎歌集	窪田章一郎著		一七六頁	一七四八円	〒二一〇円
文庫本	塚本邦雄歌集	塚本邦雄著		二〇八頁	一七四八円	〒二一〇円
文庫本	上田三四二全歌集	上田三四二著		三八四頁	二七一八円	〒二一〇円
文庫本	春日井建歌集	春日井建著		一九四頁	一九〇五円	〒二一〇円
文庫本	佐佐木幸綱歌集	佐佐木幸綱著		二〇八頁	一九〇五円	〒二一〇円
文庫本	高野公彦歌集	高野公彦著		一九二頁	一九〇五円	〒二一〇円
文庫本	続馬場あき子歌集	馬場あき子著		一九二頁	一九〇五円	〒二一〇円
文庫本	前登志夫歌集	前登志夫著		二〇八頁	一九〇五円	〒二一〇円